LETTRE

DE M· GOBEMOUCHE,

A tous ceux qui sçavent entendre.

Entendons - nous.

A AMSTERDAM.

M. DCC. LXV.

LETTRE

DE M. GOBEMOUCHE,

A tous ceux qui fçavent entendre.

ES qu'un grand homme a
dit un bon mot, chacun fe
fait gloire de le répeter; le
malheur eft que perfonne n'en profite.
Depuis un demi-fiecle la fureur des
projets eft devenue une maladie épi-
démique ; on raifonne, on difcute ;
on propofe, on fe réfute, on s'égare.
Eh! Meffieurs, *entendons-nous*, encore une fois, *entendons-nous.* Spé-
culateurs vifionnnaires, avant d'établir des fyftêmes & des calculs nous

veaux, ôtez donc la souris qui s'est logée près du verre de votre lunette d'approche. Ce monde d'Ecrivains, qui n'est qu'un Sénat d'aveugles & de sourds, se croit une *chambre basse* destinée à soutenir les intérêts des Citoyens: chacun s'en nomme l'*Orateur*. Les Miopes y détaillent des objets qu'ils ont à peine entrevus; il vaudroit mieux pour eux qu'ils fussent muets. Ce mélange confus d'avis qui se combattent, & de voix qui se croisent, forme beaucoup de bruit, & pas un son décidé; on s'interroge sans se répondre; on se répond sans s'être entendu. Qu'arrive-t-il ? Ma voix ne peut percer. Cet utile *entendons-nous*, dont les oreilles n'admettent point la leçon, n'a pu, malgré tous mes efforts, épargner un million d'hommes à l'Europe, conserver leur gloire à des Souverains, venger les Citoyens de leur sangsues, regler les droits des corps médiateurs entre les Monarques & les Sujets, soutenir l'honneur des Lettres & du vrai goût, établir des principes fûrs d'Education publique.

Citoyens, ne vous y méprenez pas. Si mon titre n'annonce qu'un fimple badinage, c'eſt une rufe de mon zele pour le bien public. Ainſi un Orateur fameux réveilla l'attention du Peuple d'Athènes par un Conte qui piqua fa curioſité, tandis que les leçons politiques de l'Orateur public endormoient fon imagination.

Si j'euſſe intitulé mon Ouvrage, nouveau Syſtême d'Education publique, on l'eût dédaigné fans l'avoir lu. Le titre eſt maintenant aux Ouvrages, ce que l'habit eſt à tant d'hommes. Il fut un temps, qui n'eſt pas ſi éloigné, où l'on fit la guerre aux perſonnes à cauſe de leur habit; on fait le procès aux ouvrages fur leurs titres. Peuple aimable, mais trop frivole, vous vous faites un jeu de ce qui devroit faire votre étude. Ces feuilles fur leſquelles les Prêtreſſes de Cumes écrivoient leurs oracles, ne ſont pas plus le jouet des vents que les fentimens légers qui vous partagent fur les objets les plus importants. Le charme d'un Vaudeville qui vous venge, le pouvoir des préjugés qui vous abufent, voilà vos tyrans. Vous laiffez à une claffe d'hommes que vous ridiculifez le foin ftérile de difcuter les principes les plus facrés; la variété de leurs opinions excite vos farcafmes. Vous vous en amuferez, quand vous devriez les juger. Le fyftême de l'éducation, cet objet fi grave, fi digne de toute attention, pourquoi l'abandonnez-vous à des Sophiftes qui l'embrouillent, à des Pédans qui le profanent?

Dans les différentes opinions qui partagent les fentimens des hommes, il ne s'agit fouvent que de pouvoir *s'entendre*, & quelquefois de le vouloir. Dans prefque toutes les difputes, chaque parti commence par tirer fes conféquences, hazarde quelques principes, & fe contente de promettre les preuves. Voici un fait qui en fera une de ce que j'avance.

Un Effain d'abeilles avoit depuis long-temps établi fon féjour dans un lieu dont le fol fécond leur offroit le butin de mille fleurs que chaque jour faifoit éclore. Tous les habitans de ce lieu jouiffoient des fruits de leurs travaux. La cire la plus parfaite & le miel le plus exquis enrichiffoient tous ceux qui contribuoient au moins de quelques fleurs aux befoins de la petite république. Près de la fource, qui ferpentoit parmi l'émail de leurs tréfors, s'étoit logé un crapaud envieux, cela fuppofe calomniateur. Il répandit dans tout le pays, que les abeilles, au lieu d'extraire le fuc de la rofe & de l'œillet, cherchoient les herbes les plus veneneufes ; que bientôt leur miel ne feroit qu'un poifon dont les terribles effets puniroient l'imprudence de ceux qui, malgré fes avis, s'obftineroient à en goûter. La conjuration fut générale : les cris des conjurés furent fi bruyans qu'on n'entendit que la voix des accufateurs, & point celle des accufés. Les bienfaitrices de ces

ingrats emporterent avec elles en
fuyant leurs talens d'enrichir, & les
fruits de leurs bienfaits. Il ne resta de
ce qui leur avoit appartenu, que l'o-
sier & les petites cellules qu'elles
avoient habitées. Des frelons s'en
emparerent : ils furent les seuls à y
gagner. Il se nourrirent de la cire
qu'avoient amassé les véritables pro-
priétaires ; mais ne donnerent point
de miel. Ils furent ignorans & riches,
c'est-à-dire, qu'avec le plus grand
droit à être pauvres, ils n'eurent que
celui d'être paresseux.

Tout le mal étoit réparé si l'on
se fût entendu. Il falloit arracher
les mauvaises herbes, admettre les
Abeilles à l'epreuve de leur miel ; les
Habitans Naturalistes auroient jugé.
On pouvoit leur faire une loi de
l'examen ordonné : c'étoit les mettre dans le cas de s'accuser elles-
mêmes, si elles eussent refusé cette loi.

La cigue est une herbe qui donne
la mort ; qu'on n'en laisse aucune tige
sur terre, dit un homme timide

Arrêtez, lui répond un Sage. Je fçais la préparer ; j'en ferai un remede falutaire. Elle deviendra pour certains malades le principe de la fanté. On pourroit admettre en morale le même axiôme qu'en chymie. Tous les corps n'ont qu'un même principe. Les feules modifications conftituent le bien & le mal. Dans tout fyftême prudent, dans tout établiffement utile , dans toute découverte fçavante, c'eft en décompofant qu'on parvient à compofer. Ajoutons à ces vérités une autre vérité remarquable ; c'eft que de deux Légiflateurs, dont l'un fait pendre les malfaiteurs , & dont l'autre les met non-feulement dans l'impoffibilité de nuire, mais encore dans la néceffité d'être utiles, l'un n'eft qu'un homme puiffant, à qui il fuffit d'un Bourreau ; l'autre eft un fage qui joint les lumières au pouvoir.

O vous à qui j'écris, Citoyens, que l'amour du vrai guide & éclaire, n'attendez pas de moi, que je par-

cours tous les Etats ; que j'y développe ce cahos d'intrigues ou d'a-
bus qu'enfante le défaut de ces
réflexions utiles qui fixeroient nos
vertus, nos defirs, nos biens & nos
rangs. Un apologue vous en dira la
raifon ; tout apologue eft utile , &
le mien eft auffi vrai que fimple.

UN Vautour d'humeur intraitable,
Tenoit à fa cour un Pigeon ;
Tel pour paffer plus agréable,
Un Financier littérateur par ton,
Veut un bel e prit à fa table.
Le bon Pigeon, dupe de fa bonté,
Le fervoit en ami fidele,
Lui rapportoit mainte bonne nouvelle ;
Toujours lui parloit d'équité.
Un iour que de quelque injuftice
Le Vautour formoir le deffein,
L'autre lui crut rendre fervice
De l'empecher d'être inhumain.
Ah ! Monfeigneur, qu'allez-vous faire ?
Pour quelle raifon ? . . . . Je le veux . . . .
Ecoutez moins votre colere . . . .
Va-tu ceffer d'être refpectueux ? . . .
Excufez-moi : mais la juftice
Eft le premier devoir d'un Grand :
Pour fatisfaire fon caprice
Faut-il qu'un innocent périffe ? . . .
On ne fait point rougir fon Maître impunément.
Quoi ! tu me manques, infolent ?
Lui dit le Vautour en furie ;
A l'inftant tu perdras la vie.

Qu'avoit fait le pauvre Pigeon ?
Monfeigneur ayant tort, il avoit eu raifon.

Il eft des vérités dangereufes pour
leurs auteurs. Les oreilles de bien des
hommes font affez femblables à ces
eftomacs difficiles ou ruinés qu'un
rien irrite, & qui ne digerent qu'a-
vec douleur. Mais il eft des fujets
dont la difcuffion offre moins de
dangers & plus d'avantages. Celui
que je traite eft digne de toute
l'attention des Citoyens. Mais il faut
s'entendre, convenir des faits, & toujours fimplifier fon fyftême.

Une de ces révolutions fubites,
qui change la face des États, qui
detruit en un inftant les Puiffances
les mieux affermies, avoit terraffé ces
Hommes celebres avec qui Rome
avoit mieux aimé partager fa puiffan-
ce que de la perdre. Les murs de
Port-Royal avoient été renverfés par
ces Précepteurs de l'Europe ; les mêmes pierres ont fervi à lapider ces
Hommes puiffants. Les écoles défer-

tes n'offroient plus que de vaſtes Am-
phithéâtres où l'Homme Citoyen devroit maudire ces mêmes Génies que
l'homme lettré ne pouvoit qu'adorer.
La Jeuneſſe, errante, abandonnée, étoit
comme ces roſeaux fragiles qui cher-
chent en vain à s'appuyer ſur ces chê-
nes orgueilleux que l'effort de l'ora-
ge a renverſés. Qu'une éclipſe générale nous dérobe la clarté du jour,
l'homme ne marche qu'en tremblant :
ſes pas incertains ſemblent ſe former
au-deſſus des précipices. Il ſupplée à
l'Aſtre qui lui manque par des fa-
naux dont la lueur trompeuſe diſ-
ſipe l'ombre, mais ne rend pas le
jour.

Lecteur, *entendons-nous*. Je n'éxa-
mine point ici la cauſe de ces hommes trop celebres. Il eſt des jours
brûlans, où l'Aſtre en éclairant ré-
pand des influences malignes. L'œil
ſain qui jouit du bienfait de ſa lu-
miere, laiſſe aux hommes publics à
diſcuter les cauſes morbifiques, &
n'en remercie pas moins le Pere du

jour qui le conduit : mais alors naît
une Thèse difficile à resoudre, s'il
vaut mieux être aveugle que mala-
de. Pour moi je tiendrai pour le dernier. Il n'est point de poison qui
n'ait son antidote, & de maladie qui
n'ait son remede. La pierre de
touche des talens de l'homme public,
c'est la science de remédier au mal
sans rien retrancher du bien. Pour
couper un bras gangrené, il ne faut
que de la main & de la férocité ;
pour le guérir par des medica-
mens, il faut des connoissances & du
jugement.

Il fut donc reçu pour vérité in-
contestable, que ces Astres qui éclai-
roient la Jeunesse, formoient sur notre horison des vapeurs pestilentielles.
On les proscrivit de notre hémis-
phere ; mais comme la lumière est
un de ces bienfaits sans laquelle
la vie n'est rien, on proposa que
chacun fût admis à dire son avis sur
les moyens de suppléer à la privation
volontaire qu'on s'étoit fait un devoir
de s'imposer.

L'hiftoire nous fournit plus d'un exemple que dès qu'un Peuple puiffant croyoit avoir à fe plaindre de quelque partie des peuples foumis à fes Loix, elle la forçoit à chercher des établiffemens dans les pays étrangers à fa domination, & qu'une colonie formée des naturels mêmes du pays alloit remplacer les rebelles qu'on avoit chaffés. On fit de même après l'exclufion des hommes déclarés dangereux qu'on avoit privés des droits de Littérateurs, de Citoyens & de Regnicoles.

Il eft un Corps antique, dont le Chef marcha jadis à côté de nos Rois. Il fut célebre dans des temps reculés où la pefante érudition rendit fameux tous ces noms en *us* dont les énormes commentaires avoient pour but de donner aux Auteurs commentés des idées qu'ils n'avoient jamais eues. Tant que la Logique d'Ariftote fit les délices & l'étude d'un million de Scoliaftes groffiers, & de Gradués faméliques qui s'égorgeoient

pour un *diflingo*, ce Corps nom-
breux fut comme une mere féconde
qui comptoit autant d'enfans, qu'il
y avoit de gens qui, pour leur malheur, ou pour leurs péchés, connoif-
foient le mot de *catégories*.

Le temps fit abolir bien des prérogatives que la foibleffe & l'ignorance avoient accordées. Quatre pro-
ceffions, une ceinture violette & un
caroffe de remife fut tout ce qui
refta d'une grandeur qui avoit été
jufqu'à faire autorité dans les actes
folemnels de la Nation. Le temps
auffi rendit les maîtres de ce Corps
moins infatiguables, & plus frivoles.
On fe contenta d'expliquer en mauvais françois comment on pourroit
arranger des phrafes latines, en choi-
fiffant les tours les plus forcés, &
les mots les plus extraordinaires. Ces
anciens Commentateurs avoient laiffé
de vieux guide-ânes où le texte françois étoit à côté du texte grec. Ces
antiques productions furent tirées de
la pouffiere des magafins. Le maî-

tre y étudia fa leçon avant de la répéter à fes éleves. Ce peuple d'ignorans fut le peuple choifi, qui fournit cette colonie nouvelle qui alla dans chaque Province lever l'étendard du Pédantifme, & faire jurer fur *Ciceron* hommage-lige à cette Mere qu'on dit fille de nos Rois. Elle vante trop la vigueur & l'antiquité de fes conftitutions; la vieilleffe produit enfin l'impuiffance & le radotage. Un de nos papiers publics atteftoit comme un fait authentique que les enfans d'un homme pere à quatre-vingt-dix ans, étoient nés avec tous les attributs de la vieilleffe. Les fils de cette mere decrepite ne prouvent que trop la vérité de cette remarque des Naturaliftes. Et voilà ce que tout homme fage qui écrit fur l'éducation devroit s'appliquer à prouver & à combattre.

Quand l'aveu des Magiftrats eût donné comme le fignal à tant d'Auteurs ftériles en fujets d'écritures fur l'éducation l'éducation ; chacun prit la plume en main. On voulut être créateur dans un genre où il ne falloit que réformer & point inventer ; chacun se trompa : ce fut faute de *s'en-tendre*.

Bientôt on vit entrer en lice cet Homme célebre par ses paradoxes, qui ne nous paroissent peut-être tels, que parce que nos préjugés nous empêchent de les voir des verités. Ce génie si respectable fit un Livre sublime & inutile. En l'écrivant, il fit tout pour sa gloire , & rien pour l'humanité. On a reconnu dans son *Emile* l'Auteur du Discours sur l'Iné-galité des Conditions. Ce système si vrai, qui fait encore la base des principes établis dans son *Héloïse*, n'est que le rêve d'un bon Citoyen. Le système de l'éducation *d'Emile*, & le projet de Paix perpétuelle de l'Ab-bé de *Saint-Pierre*, font le pendant l'un de l'autre. Où trouver un Maître à cet éleve chéri, qu'on veut rendre le moins imparfait des hommes ? Qui

B

fera ce Maître vertueux qui ait adop-
té des principes, que nul homme
encore n'a crû poſſibles? Ces uſages
qui ont force de loix, ces coûtu-
mes dont le temps a fait une né-
ceſſité, la puiſſance des ſcélérats &
des ambitieux, qui ont tant d'intérêt
à toujours laiſſer croire qu'il eſt des
hommes plus méchans qu'eux, laiſ-
feront-ils s'établir des principes qui
détruiroient des abus que la foibleſ-
ſe chérit, & que le crime ſe croit
néceſſaires? Autant vaudroit-il penſer
avec l'Abbé que je viens de nommer,
que des Monarques abſolus dans leurs
volontés, & qui regardent le droit de
tout oſer, comme le plus beau droit
du rang ſuprême, donneront eux-
mêmes des entraves à leur ambition, ou à leur vengeance. Tout
projet qui n'eſt qu'un ſonge brillant
de l'imagination reſſemble aſſez bien
à ces peintures riantes de ce ſiécle
d'or qui n'exiſta jamais. Mais comme
nos erreurs ne ſont que trop réelles,
il ne faut que des ſyſtêmes poſſibles.

Si dans une contrée inhabitée du Monde on tranſportoit une colonie d'enfans à la liſière, & que le reſpectable Citoyen de *Genéve* voulût être le Fondateur de cette nouvelle Secte de Philoſophes, peut-être encore ſur un peuple d'enfans ne formeroit-il qu'avec peine quelques *Emiles*. Il a fait trop d'honneur à l'Humanité en jugeant d'elle par lui-même.

En raiſonnant toujours d'après le ſentiment où je ſuis que le Maître néceſſaire pour former un *Emile*, n'eſt point un être éxiſtant, & que s'il exiſtoit, les parens d'*Emile* ſe garderoient bien de le choiſir, je laiſſerai à part toutes les obſervations différentes qu'exigent les premieres années de l'enfance de l'homme. L'ouvrage du génie immortel, Auteur du *Contrat ſocial*, & pluſieurs lettres de ſon *Héloïſe* ſur l'éducation, ſuffiront à ceux qui méritent l'honneur de la paternité. Je remarquerai ſeulement que l'éducation particuliere n'a point un ſeul des

avantages de l'éducation publique. Cette vérité eft facile à prouver. Mais
il faut contribuer par mes preuves
à l'utilité publique, & voici comment. Ce fera en détaillant les vices
que de longs abus ont accrédités,
même dans l'éducation, fur laquelle
le Gouvernement peut veiller plus
facilement ; ce fera en fimplifiant
les moyens de les détruire. Je tâ-
cherai d'être clair, & je promets d'ê-
tre vrai.

Tant que le nom d'*Abbé* a été
confacré à défigner ces hommes d'une
vie auftere, qui, dans les premiers fiè-
cles de l'Eglife, étoient les *Peres* de
ceux qu'ils gagnoient à la Religion
dont il étoient les Miniftres, ce
mot ne fignifioit rien que d'honorable & de faint. Il eft devenu depuis le nom d'êtres indéfiniffables, à
qui deux doigts de linon a donné
le titre d'être étourdis, ignorans,
fuperficiels, élégans. C'eft une *Efpece*
privilégiée dont les prérogatives font
de n'être ni à l'Eglife, ni au Prin-

ce , ni aux différens emplois où
l'Etat appelle les Citoyens. C'eſt dans
cette claſſe d'animaux équivoques
qu'on prend ordinairement ceux que
l'on charge de l'éducation particuliere
des jeunes enfans ; comme chaque
ruelle a ſon Abbé Chanſonnier, chaque maiſon un peu diſtinguée a ſon
Abbé Précepteur. Plus d'une Matrone,
telle que celle d'Ephèſe , ſe conſole
du défunt avec le cher Abbé, qui
d'ordinaire eſt un de ces gros Provin-
ciaux , qui feroient mieux des Cha-
piers de Cathédrale ; ou de ces Ado-
nis muſqués , qui recommandent
au jeune Eleve un reſpect pour la
Maman , dont ils lui manquent eux-
mêmes. Ils levent d'une main la feru-
le , & de l'autre écartent une gaze en-
vieuſe. Monſieur l'Abbé graſſaye en
parlant ; la belle Maman balbutie , &
l'enfant, qui de temps en temps eſt
de trop, eſt laiſſé à la Bonne. De
concert avec les valets , elle lui apprend des impertinences ou des expreſſions triviales avec plus de ſuc-

B iij

cès que la prude mere ne s'est dé-
fendue du besoin d'être consolée, avec
moins de peine que le Prestolet n'en
met à corriger le thême du marmot, qui
quitte son livre pour son volant, comme il est quitté lui-même pour sa
mere. Ecoutez ce Financier, ou cette
mere dont l'avide ambition dévore
la *gardenoble* d'un fils unique héritier.
L'arithmétique & l'écriture, M. l'Abbé. L'arithmétique, dit le premier.
Si j'avois tant étudié ces *Virgiles* &
ces *Horaces*, je ne serois qu'un gueux.
L'Abbé, dit l'autre, mon fils a les
yeux foibles; point de grec sur-tout.
J'en veux faire un joli homme, &
point un sçavant. L'Abbé en pinçant
les levres, en plissant son manteau
& raccommodant son rabat, dit d'un
ton mielleux une sottise que l'Eleve
écoute de toutes ses oreilles. Le petit
malheureux est paresseux, volontaire,
ignorant, opiniâtre; il sera digne de
son siecle & de ceux qui l'ont élevé.
Quelle école, que celle de tous les
cercles, où l'on produit le jeune Eleve

& fon Précepteur ! C'eft un bijou dont
les femmes s'amufent. En attendant
mieux, fon petit caquet fait les délices de chacune d'elles. Il n'en eft
pas une qui ne le comble de ca-
reffes, comme pour lui dire : fouve-
nez-vous qu'à l'âge de fept à huit ans
j'étois votre meilleure amie ; n'allez
pas être un ingrat ; dans dix ans on
vous parlera de vos dettes ; mais n'ou-
bliez point que pas une femme n'a
plus de droit que moi à votre recon-
noiffance. Quels exemples fon enfance rencontre de tous côtés ! Là ce
font de vieilles matrones qui ne pou-
vant faire mieux, jouent avec fureur,
& qui d'un ton burlefquemment reli-
gieux, difent que fur le gain qu'elles
ont fait, elles préleveront de quoi
faire dire une *neuvaine* pour gagner encore. Là c'eft un élégant
libertin qui flétrit la réputation de
femmes qu'il n'a jamais connues ; qui
arrivant les épaules chargées de la pou-
dre qu'il s'y eft jetté lui-même, ne
dit point, quand on le gronde de ve-

nir tard , qu'il a paffé fept ou huit
h ures à s'ennuyer chez lui avec la
plus mauvaife compagnie , parce qu'a-
lors on fçauroit qu'il étoit feul avec
lui-même. Enfin c'eft Monfieur l'Abbé, oui l'Abbé qui abandonne fon éleve aux mains de l'infatiable *Orphife*,
qui calcule fi elle a bien encore pour
dix ans d'appas ; le grave *Mentor*
chante un couplet qu'il a fait pour
une de ces *Iris en l'air* dont parle
Boileau, gronde fon jeune *Télémaque*
fur la maniere dont il a fait une révé-
rence, & ne lui dit rien de la dureté
offençante avec laquelle il traite fes
valets, ou de l'indécente liberté ,
qui lui fait trancher fur tout dans
une converfation , & s'annoncer pour
un arrogant dont la fatuité fera célebre.

Voilà comme tous les nourriffons
de la Patrie font élevés. Leurs cœurs
font corrompus , avant même de
connoître l'ufage qui les devoit confacrer. L'efprit n'eft ni plus orné, ni
moins fuperficiel. On effleure les arts

purement agréables. La science des modes en tout genre est la premiere & presque la seule étude. Les autres ne lui sont qu'accessoires. On ne chanteroit point, si ce n'étoit de la musique *italianisée*. On ne liroit point, si ce n'étoit des Contes, des Romans, ou des Odes galantes. On n'iroit point au Spectacle, si l'*Opéra - Comique* n'existoit plus. On n'étudieroit point l'histoire, si elle n'étoit réduite en *anecdotes*. L'enfant qui a les dispositions les plus heureuses n'en sera pas moins un homme fort ordinaire. Il n'a ni des heures fixes & reglées, qui l'accoûtument à un plan de vie sage par son exacte uniformité, ni cet aiguillon de l'émulation qui réveille ordinairement tous les jeunes rivaux admis à courir la même carriere. L'étude des Sciences demande moins de dissipation que n'en donne l'éducation particuliere. L'esprit est un volatile qui nous échappe, quand on ignore l'art de le fixer; & quant à ses facultés, c'est un salpêtre inactif par lui-même, quand la chaleur du feu n'en facilite poinr l'explofion, n'en développe point les effets. Ce feu pour un jeune littérateur c'eft la noble ambition d'ecarter fes rivaux, ou de les devancer d'une courfe fi rapide, qu'en touchant au but, il ait à mefurer l'efpace qu'il a laiffé entre eux & lui.

L'éducation publique réunit ces deux avantages fi grands en eux-mêmes. Elle eft honorée du fceau de l'autorité publique. Elle eft fans contredit celle qui doit former les grands hommes; mais plus elle femble deftinée à être parfaite, plus le Gouvernement doit chercher les moyens qui la peuvent conduire à cette perfection.

Jettons d'abord un coup d'œil rapide fur l'état préfent de cette éducation. Elle n'eft vicieufe que dans la forme; un feul jour fuffiroit pour anéantir les abus de plufieurs fiécles. Mais il faut toujours *s'entendre*. On a déja beaucoup écrit fur l'éducation.

On a fait ou des Traités de morale,
ou des essais de Métaphysique. Il
falloit poser pour premier principe,
que l'éducation publique étoit sans
contredit la plus avantageuse. Au lieu
de discuter si l'on devoit accoutumer
les enfans à se servir également des
deux mains, il falloit, d'après le principe établi, examiner ce qui man-
quoit à cette éducation préférable,
prouver clairement comment on pouvoit rétablir ce qu'elle a de défectueux;
braver alors les pédans & le pédantifme, & renvoyer à l'école les mêmes
Maîtres, qui trop asservis à leurs anciens préjugés, auroient osé combattre l'évidence, & s'appuyer d'une
antiquité dont on leur auroit laissé le
radotage.

Un enfant reste huit ans au Collége, en commençant à la classe qu'on
nomme *sixiéme*. Je ne compte ni
le temps qu'on lui fait perdre à
mériter d'entrer dans cette classe sublime, ni l'année qu'il passe peut-être
en *septieme*, ni l'année qu'il perd à

doubler quelques-unes de ces claffes,
dont la moitié eft inutile. Qu'apprend-
il pendant un fi long-temps ? Une
langue utile fans doute ; mais dont il
ne doit faire aucun ufage, à moins
qu'il ne recommence fes études où
elles finiffent. A peine lui donne-t-on
quelques principes généraux fur la
langue de fon pays. Les langues étrangeres lui font abfolument inconnues;&
par qui parviendroit-il à les connoître?
Un manant, coufin ou arriere-neveu
du *Principal* , paye le *Magifter* de
fon Village pour lui écrire une lettre
à ce parent, dont il ne prononce le
nom que le chapeau bas. La grêle a
ruiné fon canton , & fon coufin le
Principal eft prié dans l'épitre précai-
re d'envoyer quelque fecours à fa
famille indigente Le refpectable Ex-
provincial tire de fa garderobe une
vieille foutane, l'envoye à fon parent, qui fe revêt de l'habit facré,
vend fa bêche pour avoir des fouliers,
arrive à Paris, & vient occuper une
de ces places connues fous le nom

des *Bourses*, que de pieux Fonda-
teurs ont établies pour le mérite in-
digent. Le novice Prestolet ente du
latin sur son *patois* grossier ; devient
bientôt ce qu'on appelle un *Sous-
maître* : il est un des dogues que le
Principal lâche dans ses cours pendant les récréations des écoliers ; le
rustre pique les éleves comme il pi-
quoit autrefois ses bœufs. Enfin une
chaire vient à vaquer ; c'étoit le *nec
plus ultra* de son ambition. Une robe à larges manches, est le symbole
de sa nouvelle dignité. Que fait-
il ? Le dernier Professeur avoit ses
cahiers de *devoirs* ; son successeur vole
à son inventaire, achete ces brouil-
lons, qui seront une piece du sien,
comme ils l'ont déja été de celui
de vingt autres ignorans qui l'ont
précédé dans la place qu'il va occuper.

Deux heures & demie forment
soir & matin l'espace de temps con-
sacré aux leçons des Professeurs publics. Une bonne partie de ce temps

eſt perdue à réciter des tâches im-
poſées à la mémoire, trop longues
pour être utiles, trop fréquentes
pour n'être pas rebutantes. Une autre
partie eſt donnée à examiner ce que
le pédantiſme nomme *pinçons*. Ce
ſont d'aſſommantes copies de mille &
quelquefois deux mille vers, qui ne
rapportent d'autre profit que celui
d'amaſſer aſſez de papier au *Profeſſeur* pour s'abonner avec une beuriere,
& s'aſſurer par-là du coût de ſa robe
& de ſes rabats.

Après ces deux ſoins déja ſi inutiles, le Profeſſeur ordonne la lecture
des *devoirs* qu'il a dictés. Pluſieurs
de ces ignorans en bonnets quarrés
ont la déteſtable coûtume d'en faire
lire une phraſe à l'un, une phraſe à
l'autre; comme ſi l'enſemble ne faiſoit
point le mérite de tout ſtyle. Pas une ſeu-
le leçon d'Arithmétique, de Géographie, d'Hiſtoire univerſelle. La Poë-
ſie Françoiſe elle-même a été rejettée
ſous prétexte des abus qui en pou-
voient naître; mais ces abus ne ſont

que fuppofés , & l'ignorance des Maîtres eft auffi évidente que honteufe.

Ce pays barbare , connu fous le nom de pays latin, forme un Peuple à part , à qui notre Littérature eft inconnue. On y étudie l'art de la déclamation, plutôt que celui de l'éloquence. J'y ai vu plus d'un Rhéteur vouloir fixer un rithme fûr à la profe , d'après les chûtes de phrafes de *Cicéron*. Le malheur étoit qu'il falloit autant de regles que de phrafes.

Je voudrois que le plus éclairé de ces hommes à férule me fit voir la différence fenfible qu'il trouve entre la *fixieme* & la *cinquieme*, entre la *troifieme* & la *feconde*; qu'il m'expliquât pourquoi un Profeffeur de *Philofophie* paffe plus de fix mois à dicter & commenter une *Logique* où foixante regles apprennent à réduire un fyllogifme , quand il fuffiroit d'une feule.

Trois années feroient fuffifantes

pour donner aux éleves la connoif-
fance la plus parfaite des Auteurs
grecs & latins , qu'on étudie dans
les Claffes. Mais, comme cette partie
des Citoyens qui feront leur état
de la Littérature n'eft certainement
pas un vingtième de la Nation , il faudroit aux Profeffeurs des langues grec-
que & latine en joindre des langues
Italienne , Angloife , Allemande.
Cet établiffement n'en feroit pas plus
onéreux pour l'Etat. En fupprimant
la *cinquieme* , la *feconde* & l'une des
deux chaires de Philofophie , on feroit paffer aux Maîtres des langues
étrangeres les honoraires des Profeffeurs fupprimés.

Ces chaires feroient des claffes
publiques , où les Citoyens de tout
âge feroient admis. Ce ne feroit point
des claffes d'obligation : chaque fujet
choifiroit à fon choix la langue qui
auroit pour lui plus d'attraits.

Il faudroit fuivre dans l'ordre de
ces claffes , celui des deux Profeffeurs de *Réthorique* au Collége *Maza-*
rin.

rin. Toutes les matinées feroient données aux Profeffeurs de langues grec-
que & latine ; toutes les après-dî-
nées, aux Maîtres de langues étrangeres.

Mais pour conduire à fa perfection
cet établiffement fi avantageux, il faudroit encore réformer un abus qui
choque la droite raifon. Il n'eft point
de Collége où l'on ne faffe une dif-
tribution folemnelle de *Prix* dans une
affemblée nombreufe & refpectable,
au fon des trompettes & des fanfares.
Rien de plus capable de réveiller
l'émulation ; mais ces *Prix* devroient
être la récompenfe d'une année d'é-
tude , & non du travail d'un jour,
dont le hazard ou la faveur peuvent
avoir tout le mérite. L'éleve le plus
ftudieux , le plus digne de récompenfe, peut trouver ingrat le fujet propofé pour le concours. Un jour malheureux peut faire que fon imagination ferve mal fes défirs & lui raviffe
le fruit d'une année d'efforts & de
veilles. Le phyfique des fens a tant

de pouvoir fur le phyfique de l'ame!
La faveur en outre peut exclure un
bon ouvrage , pour en couronner
un plus foible. Dans tous les états,
la brigue a toujours fes droits : le Citoyen roturier s'eft plaint plus d'une
fois que fon fils s'étoit vu arracher
la palme par le fils du citoyen noble ,
& fes plaintes n'étoient que trop bien
fondées. L'hiftoire du Sculpteur qui
tremble devant le Dieu qu'il a fait,
fera toujours l'hiftoire de la pauvre
Humanité.

Cet abus une fois réformé , la
vraie nobleffe feroit celle du génie ;
la gloire feule diftingueroit les rangs ;
le fujet qui auroit réuni la connoiffan-
ce de plus de langues, la préféance
la plus fréquente fur fes emules, rem-
porteroit les lauriers à la fin de l'année ; fon triomphe ne feroit pas l'ouvrage d'un jour, du hazard, ou de la
partialité.

Mon fentiment eft que dans l'éducation de la Jeuneffe on ne peut jamais trop fimplifier les objets. Il fau-

droit commencer par réunir en un feul Livre, les deux qu'on appelle *Rudiment* & *Méthode*. Pourquoi deux Grammaires différentes pour une même langue ? Cette multiplicité de livres effraye l'enfance & la mémoire. Il faudroit même avec art rapprocher autant que l'on pourroit dans une même *Syntaxe* les principes des langues Françoife & Latine; mettre fous les yeux en même temps les principes généraux qui leur font communs, les exceptions qui les rendent différentes; identifier les termes le plus fouvent qu'il feroit poffible, & démontrer leurs rapports, & leurs variétés. Cet ouvrage, travaillé par une main habile, feroit un fervice effentiel rendu à cette Jeuneffe facrifiée, qui depuis des fiecles n'apprend pendant huit ans qu'à balbutier une langue qu'elle négligera, & à prendre de faux principes fur fa propre langue, dont les Etrangers lui donnent tous les jours des leçons.

Quant à la Géographie & à l'Histoire, rien n'est plus facile à concilier que l'étude de ces deux sciences. Qu'on mette dans chaque classe des cartes géographiques des quatre parties du Monde ; que le Professeur, au lieu de dicter des *Thêmes* burlesques qui ne font que des mots, choisisse les plus beaux morceaux de l'Histoire des peuples présens de l'Europe, & les fasse traduire ; qu'au lieu de faire apprendre des discours extraits des Historiens Latins, il dicte des extraits bien faits de l'Histoire de notre Continent ; qu'en expliquant les Auteurs anciens, il fasse remarquer sur les cartes les changemens apportés par le temps à la topographie du Monde ; qu'il marque la place de tant de Villes célèbres qui ne font plus, & celles des nouveaux établissemens qui, fous des noms différens, ont succédé aux anciens ; dans un même jour la langue des *Cicerons*, la science des *Vertot* & celle des *Delisle* s'étudieront dans le même ouvrage. Ces mêmes devoirs, que tout homme de goût rejette avec mépris en fecouant l'ignorance des claffes, lui deviendroient chers, même dans l'âge le plus avancé. Les Maîtres publics feroient les bienfaiteurs de la Patrie, & le corps de ces hommes refpectables deviendroit l'école du Monde, & le flambeau des Nations.

J'ai deux remarques encore à faire: je les crois effentielles; & dans un fujet auffi important, les moindres détails font intéreffans.

Un Avocat refpectable, homme de goût & d'érudition, avoit propofé par foufcription *des Conférences fur la Langue & fur la Littérature Françoife.* Rien de plus utile qu'un tel projet; mais jamais il n'aura de fuccès. J'en crois trouver deux raifons frappantes. L'ignorance & la vanité font fœurs: il eft peu de François qui conviennent de bonne foi qu'ils ignorent les premiers principes de leur langue naturelle; & les Etrangers, que ces

conférences femblent regarder plus
particulierement, font une étude affez fcrupuleufe de notre langue pour
mériter de nous faire rougir quelquefois. Il eft d'ailleurs inconteftable,
que l'âge confacré aux foins d'une
fortune à établir, n'eft point du tout
celui où l'on retourne fur fes pas pour
rapprendre les élémens des fciences,
à moins qu'on ne fe propofe d'être un
Littérateur proprement dit ; mais,
comme je l'ai obfervé, ce titre, pour
l'ordinaire très-peu fructueux, n'occu-
pe, & peut-être heureufement, qu'u-
ne très-petite claffe d'hommes. Il faut
donc toujours n'offrir que des reffour-
ces favorables aux Citoyens en général.

C'eft donc dans l'âge confacré
plus particulierement à l'étude des
fciences, qu'on peut fe remplir des
principes les plus fûrs. Les conférences des Sçavans les plus zelés ne
peuvent point faire autant pour l'inf-
truction publique, que ces leçons
données dans cet âge, où l'homme

n'ayant point encore d'affections qui lui foient propres, n'a que des fons à lui, mais point d'idiôme naturel. Il eſt peut-être des idées innées ; mais il n'eſt point d'expreſſions qui le foient ; & c'eſt le propre de l'Education de polir en nous ce don de la parole, qui a fans doute fondé les Empires. Le premier Roi fut celui qui le premier eut de l'éloquence.

Le grand nombre des éleves qu'un Maître a lui feul à inſtruire, eſt une des raifons les plus plaufibles qu'on apporte contre l'éducation publique. Cette objection paroîtra moins forte dès qu'on fuppofera des Profeſſeurs habiles à partager leurs foins également. Les efprits plus lents font des plantes tardives dont le cultivateur doit prendre un foin plus particulier.

D'ailleurs je m'étonne comment des Profeſſeurs qui fe difent citoyens admettent à l'étude des Lettres des jeunes gens reconnus inhabiles à y faire des progrès. Quand, après une année de foins & d'examen, un fujet ne pro-

met point de profiter des leçons journalieres qu'il reçoit, il devroit être
dès lors exclu des claſſes publiques.
Ne vaudroit-il pas mieux qu'il fût un
artiſte, que d'être un ignorant auda-
cieux, qui s'appuiera du vain titre d'avoir
rampé dans la pouſſiere des Colléges,
pour prétendre à celui de juger la
fortune des particuliers, ou d'égor-
ger les citoyens avec privilége ? L'a-
mour-propre mal entendu des parens
fera toujours que les places feront
deshonorées par ceux qu'elles ho-
norent. Nos préjugés ont toujours
fait nos maux, & les feront toujours.

Les réflexions fe multiplient, &
celle que je vais faifir me condui-
ra naturellement à un objet important.

Un fainéant qui pouvoit être utile
à l'État en conduifant une charrue,
vient, fans prefque rien faire, con-
fommer dans la Capitale les fruits
de ces fillons qu'il auroit pu fertili-
fer. Il a fait preuve d'avoir bâillé
pendant dix ans fur des bancs, en

écrivant de triftes répertoires d'argu-
mens. Ces miférables rapfodies font
fes titres. Il demande folemnellement
la permiffion de pouvoir afficher à
fa porte, *ici fe tient école d'ignorance.*
Sous le nom de *Répétiteur*, il fait
travailler aux Ecoliers les devoirs
impofés par le Profeffeur collégial,
corrige leur bévues, en leur en fubf-
tituant d'autres. Ce n'eft pas tout encore de ce Maître fubalterne : cet
homme à affiche a pour l'ordinaire un
Commis Abbé, dont l'état eft un de
ceux que je ne nomme point par
refpect pour les Lettres dont il femble un forçat. Ce troifiéme aventurier
tient fouvent la férule dans l'abfence
de celui dont il eft le gagifte. Qu'arrive-t-il de cette ridicule fucceffion
de Maîtres ? Le voici : les éleves ne
portent au Profeffeur que les efforts
de la trifte latinité de ces pédans du
fecond & du troifiéme ordre. Comment ce Profeffeur peut-il juger des
progrès d'une Jeuneffe qui n'offre
à fon examen que le même texte

& les mêmes expreffions ? C'eft un problême incompréhenfible pour moi, comment des parens éclairés ne comprennent pas que les leçons publiques fervent moins à corriger les ouvrages de leurs enfans que ceux de leurs *Répetiteurs?* Cette multipli-cité de tyrans inutiles eft la caufe véritable des dégoûts trop réels que la Jeuneffe éprouve dans l'étude des fciences. Que de châtimens diffé-rens! quelle rudeffe dans les leçons de ces barbares, qui traitent les enfans de la Patrie, comme un riche Amé-ricain traite fes négres !

Mais qu'on ne s'y trompe pas: la ftupide tyrannie qui abufe des années les plus heureufes de l'homme, l'i-gnorance ou l'injuftice qui dépouille la veuve & l'orphelin, l'avide infa-tiabilité dont le gouffre engloutit les tréfors de la Patrie, l'altiere pré-fomption qui s'immole la vie de mil-liers d'hommes, ces différens fléaux qui ravagent tous les états & tous les âges, n'ont qu'une même caufe ; le

mauvais choix des fujets. Quoi! ce
foin fi précieux, fi honorable, celui qu'éxige la culture de ces plantes délicates & cheres à la Patrie,
ce foin eft confié à des hommes,
qui pendant toute leur vie ne donnent d'autres preuves de leur exif-
tence, que d'infipides dictées, qui
n'ont quelquefois heureufement que
le mérite de n'être point de leur in-
vention!

Il faut qu'un concours public &
glorieux foit déformais le degré qui
ferve à monter au rang de Profeffeur
public. L'homme digne de l'être, que
fon mérite fait triompher de fes rivaux, comprendra facilement que
l'aimable urbanité doit confacrer les
leçons d'un art dont la ruine & la
renaiffance a fait dans tous les fiécles & chez tous les Peuples épo-
que pour les mœurs. L'indécence
de ces châtimens qui profanent l'é-
ducation publique, fera dès-lors fup-
primée. La crainte fait des efclaves ;
l'émulation, des amateurs. Ces Maî-

tres rigoureux qui arment les *Mufes*
des Fouets des *Furies*, font aux Bel-
les-Lettres le même tort que fait à
la vertu le Stoïcien farouche, qui la
rend hideufe à force de la rendre
févere. Les abeilles viennent recueil-
lir leur miel fur les lévres d'*Apol-
lon*. Ce Dieu, qui l'eft autant de
l'ame que de l'efprit, ne parla jamais
ce langage groffier que parlent pour
l'ordinaire à leurs éleves ces Maîtres
qui, en fortant des murs de leurs
Colléges, font comme des animaux
fauvages tranfportés dans d'autres
climats. La fource de l'*Hypocrêne* ne
fut jamais une fource amère ; & l'a-
mertume des larmes fe communi-
que toujours à la fource la plus pu-
re. Maîtres publics, quand la Patrie
vous remet les droits de fa mater-
nité, ayez-en auffi la douceur &
les entrailles. Que vos mœurs fe-
condent vos lumieres. C'eft trop
peu d'inftruire ; rendez heureux.

Citoyens, ne foyez point des ingrats. Quand j'écris ce que l'amour

du bien m'infpire, fongez moins à mon ftyle qu'à mes vues. Trop fouvent on donne à critiquer un ouvrage les foins qu'on devroit donner à en profiter. Mon efprit ne cherche point à briller aux dépens de mon cœur. Je fuis peut-être entré dans des détails qui offroient plus d'utilité que d'agrémens; mais j'ai vu tout le monde s'égarer en voulant créer un plan d'études brillant & nouveau. Eh! pourquoi ne pas faifir la fimple vérité? On perd trois années dans les Colléges: un moyen facile de mieux employer ce qu'il en coûte à l'Etat pour les trois Profeffeurs à fupprimer, s'offre dans le projet utile de leur fubftituer trois Profeffeurs de langues étrangeres.

Le travail d'une Grammaire commune aux Langues Latine & Françoife, qui rapprocheroit les principes communs & particuliers à ces deux idiômes, eft encore une de ces propofitions qui, pour être exé-

cutée, ne demande que beaucoup
de jugement, & dont l'utilité est
aussi évidente, qu'infaillible. Ce
genre de *Thêmes*, dictés d'après nos
meilleurs Historiens, n'offre ni diffi-
cultés, ni objections. Mes remarques, sur l'abus des distributions des
Prix, sur ces Répetiteurs inutiles,
dont les leçons journalieres empêchent le Professeur de juger des
progrès dus aux siennes, sur le
choix des Maîtres, sur la nécessité
de semer des fleurs dans cette carriere épineuse, que parcourent des
pas encore chancelans ; toutes ces
remarques ne portent point le ca-
ractere de l'extraordinaire ; mais leur
vérité les doit rendre cheres, &
leur utilité les doit faire adopter.

Depuis plus de trois ans qu'on
écrit chaque jour sur cette matiere,
commençons donc enfin à nous *entendre*. Jusques à quand, en Politi-
que, en Religion, en Morale ne pro-
posera-t-on que des systêmes favorables à une partie du Monde, inu-

tiles à une autre, quelquefois nui-
fibles à deux autres? L'homme de
Pekin & celui de *Paris* ne font-ils
pas deux êtres femblables ? Mora-
liftes imprudens, les hommes ne
font-ils pas affez défunis par leurs pen-
chants ? pourquoi les défunir encore
par vos fyftêmes ? Vous traitez nos
cœurs, comme nos plaifirs ; vous
nous faites des uns des ennemis réels ,
& des autres des vices imaginaires!
Qu'ofez-vous avancer , raifonneurs
intéreffés , qui , en nous parlant du
projet de perfectionner l'éducation,
ofez nous propofer une maifon où
vous n'admettez que huit éleves ?
En fuppofant qu'ils foient tous François , vous excluez donc le refte
des Citoyens de ce projet , qui , fe-
lon vous , fera feul des éleves par-
faits ? Mais quand la générofité d'un
Roi bien-aimé par excellence a af-
fecté au Corps des Profeffeurs publics une fomme fuffifante pour
leurs honoraires , pourquoi ne point

porter toutes vos vues vers ce Corps qui eſt commun non-ſeulement à la Nation, mais à l'Europe entiere? Il n'y aura donc tous les ſix ans, que huit éleves dont l'éduca-tion ſoit ſuppoſée parfaite; tout enfant dont les parens n'auront point dix mille livres à dépenſer par année, ſera ſacrifié aux anciens uſages de l'ignorance. Etes-vous des Citoyens, vous qui nous propoſez un pareil projet?

Quand une Univerſité entiere réu-nira les enfans de tous les peuples à l'étude des principales Langues, cette union des éleves des diffé-rens Etats ne ſera-t-elle pas plus heu-reuſe à combattre les préjugés des Nations l'une contre l'autre, que cette foible claſſe de huit écoliers? Ils ſont à ſuppoſer nés dans un rang élevé; mais les Grands de tous les Etats ont tous à peu près les mê-mes principes: ce ſont les Peu-ples qu'il faut inſtruire de leurs bon-nes qualités reſpectives, & l'éduca-tion

tion publique y contribuera certainement plus que cette éducation particuliere bornée à un si petit nombre
de sujets.

Il est encore à remarquer que sur
huit éleves, tous ne feront pas des
progrès égaux. Il est un Vulgaire parmi les Grands comme il en est un parmi les peuples. Pense-t-on, d'ailleurs,
que l'éclat d'une maison somptueuse
soit propre à former des Héros ou des
Génies? La frugale simplicité des Eco-
les de *Spartes* forma les Guerriers qui
combattoient à *Salamine* & à *Ma-
rathon.*

Je ne répondrai point davantage à
ce projet détruit d'avance par cette
vérité, que l'éducation publique est
la seule digne de l'attention des Magiftrats & des Citoyens. Je ne com-
prends pas, comment un homme mé-
dite de sang-froid, un projet dont l'i-
nutilité ou l'impossibilité lui doivent
être une évidence frappante. Comment
se flatte-t-on de faire rêver tout un peuple avec soi & comme soi? Je mettrai

D

au nombre de ces écarts de l'esprit hu-
main le système que j'ai entendu propo-
ser, qu'il n'y eût qu'une seule langue
pour tous les peuples de l'Europe. Comment expliquer aux éleves les principes de cet idiome général, si ce n'est
avec le secours des langues particulie-
res? La science de ces langues précé-
deroit donc nécessairement l'étude de
la nouvelle. Pourquoi tel peuple ce-
deroit-il à tel autre l'honneur de faire adopter la sienne par toutes les Nations du Monde connu? En supposant
l'établissement de cette langue & l'en-
tier oubli de toutes les autres, les
Homere, les *Virgile*, les *Mion*,
les *Corneille*, les *Tasse*, les *Gesner*
& tant d'autres perdroient donc leurs
droits à cette immortalité, fruit de
leurs veilles & de leurs génies, que
leur assure l'étude de leurs ouvrages.
N'admettons jamais que des systêmes
aussi vrais qu'utiles. François, remar-
quez-le bien. Tous les Peuples puis-
sans, qui ont donné la loi à l'Univers,
ont dû leur grandeur à la sagesse de

leurs Conſtitutions. Rome ne ſeroit point devenu la Maîtreſſe du Monde, ſi chaque Conſul, en devenant le premier de ſes égaux, eût eu le pouvoir de donner ſes rêves pour des loix, & ſes paradoxes pour des vérités.

L'eſprit de ce Sénat de Rois étoit l'ame de l'Univers, & la ſageſſe des *Senatus - Conſultes* avoit préparé la victoire avant que la valeur des Généraux eût engagé le combat. Malheur à tout Etat qui n'a point un plan fixe d'adminiſtration: malheur à tout établiſſement qui n'a que des vues incertaines ou bornées ! Citoyens, on a juſqu'ici abuſé de votre confiance, & des années les plus précieuſes de vos enfans. Et vous, qui, aux ſoins que vous devez à l'eſpérance de vos familles, uniſſez encore ceux que vous impoſe la qualité d'hommes publics, Magiſtrats, prenez & liſez. Comme l'éducation eſt un beſoin de tous les Citoyens, mon ſyſtême eſt celui de tous les états. Il raſſemble tous les avantages, & n'offre point un ſeul

Inconvénient. Il eſt ſimple ; mais utile ; il porte les caracteres de la vérité
qui me l'a dicté. Il ne peut qu'hono-
rer l'Autorité qui en rendroit l'éxécu-
tion commune à tous les Citoyens.

F I N.